Gutter Governor

El Digger

El Spreader

El Plantador

Fertilizer

El Edger

Power Washer

Super Sodder

LEAF PileDriver

JESÚS TREJO
EL BARRILITO MÁGICO DE PAPÁ

ilustrado por
ELIZA KINKZ

minerva

¡BUENOS DÍAS!

¡Por fin es sábado!—El día en que le ayudo a Papá en su trabajo.

Papá es jardinero.
A mí también me gusta plantar,
cortar el pasto y podar
los árboles. Me encantan
especialmente las
herramientas que usamos.

Este es nuestro negocio
familiar, ¡y hacemos un
gran equipo!

Mamá

Papá

JESÚS

En la cocina, lleno el barrilito de Papá con agua.

Papá me dice—¿Sabes, Jesús? Este no es un barrilito de agua cualquiera. También es un reloj mágico y nos dirá cuanto trabajo queda por hacer. Cuando el barrilito esté vacío, significará que es hora de volver a casa.

—¿Un barril mágico del tiempo? ¡Wow!

—Tú estarás a cargo de él, mijo.

Sí, Papá es el jefe de nuestro negocio, pero yo soy el jefe del barrilito mágico.

Mamá nos empaca el almuerzo con amor
y dice—¡Va a hacer calor, mijo!

Antes de salir a su trabajo,
Mamá nos dice —Recuerden
tomar mucha agua.

Papá carga nuestra súper camioneta de trabajo con todas
las herramientas y máquinas que necesitamos.

Al abrir la vieja puerta corrediza, sale un fuerte
olor mixto de aceite, gasolina, y pasto.

Y ahora, les presento nuestros materiales importantes.

Montamos el barrilito en el asiento de enfrente conmigo, para asegurarme de que no se caiga y no se derrame el agua.

Y así partimos con todas nuestras herramientas,
bailando al compás de una canción alegre. Hasta
el barrilito mágico se sacude con ritmo.

La casa de los Saldaña es nuestra
parada número uno.

Los Saldaña tienen una casita muy cuidada, un jardín
de rosas enorme y muchos gatos viejitos. Nuestro trabajo
es regar las rosas y limpiar su jardín.

Yo corto el pasto . . .

. . . y Papá retoca las orillas para que queden derechitas y bien delineadas.

Me empiezo a sentir un poco cansado de tanto trabajo, así que nos traigo a Papá y a mí un vaso de agua para cada uno.

Y sirvo otro vaso para refrescarme la cara.

La casa de Juan Diego es **la parada número dos**.
Y es mucho más grande que la de los Saldaña.

Aquí también vive una perrita.

Papá comienza a trabajar cortando las hojas
más altas de estos espeluznantes árboles.
Parecen monstruos altos y flacos.

Pero yo los ignoro y
recorto las hojas tenebrosas
en la parte de abajo.

¡Guau!

¡Esto es **MUCHO** trabajo! Así que sirvo
otro vaso de agua para mí y para Papá.
Y dos vasos más para lavarme la cara.

¡Guau,
Guau!!

¡Ya se nos acabó la mitad del agua del barrilito mágico! Si seguimos
así, podremos regresar a casa en poco tiempo. Papá y yo somos
un gran equipo. ¡Mamá estaría muy orgullosa!

La parada número tres es la casa de la familia Márquez. Es la casa más grande de todas. Hoy encontramos algo nuevo en el enorme jardín principal . . . ¡Pavorreales!

Este lugar nos va a tomar mucho tiempo...

Papá utiliza el corta-hierbas para remover
todas las hierbas pequeñas,

y yo uso mi palita para arrancar
las hierbas grandes desde la raíz.

Ahora sí estoy **muy** cansado de tanto trabajar, así que sirvo a Papá y a mí otro vaso de agua para cada uno.

Y uno,

dos,

tres vasos más para refrescar mi cara.

—¡Qué bien bailas! —dice Papá.

—Sí —le respondo.
—¡Gracias, Papá!

—Será mejor que vayas y
les pidas permiso de usar
el baño de la casa —él dice.

Órale . . . ¿Cómo lo supo?
¡¿Papá es adivino?!

Al regresar, me encargo de recortar y barrer las hojas. Luego, me doy cuenta de algo importante.

—**¿Qué le pasó al agua?** —responde Papá.

—**¡La magia funcionó!** —contesto.
—Veamos, usted se tomó tres vasos.
Yo me tomé tres vasos grandes.
Me salpiqué mucha agua en la cara.

—¡Ah! Y estaban todos
esos gati-viejos.

—Y la perrita de suéter
que estaba sedienta.

—¡Y los pobres pavorreales
con sus plumas tan pesadas!

—Ahora que el barril está vacío,
es hora de irnos a casa
a descansar.

Nos sentamos bajo un árbol.

—En realidad ese barril no es mágico,
y no es un reloj —dice Papá. —No podemos irnos a casa
solo porque está vacío. Es un simple y viejo barril, mijo.

Papá suspira. —Eres mi socio, pero también eres mi niño.
Es por eso que trato de hacer el día más divertido.
Este trabajo, nuestro negocio familiar, es pesado,
muy pesado. Pero el trabajo se hace más ligero cuando
puedes jugar y divertirte al mismo tiempo.

—Pero ahora no tenemos agua
y tenemos que ir a once casas
más. Me siento muy mal.

Papá,
¿me va a
despedir del
negocio?

—No mijo, nunca haría eso —dice Papá.

—Solo tenemos que llenar
el barril de nuevo.

Muy bien. Yo me encargo.
Entro a la casa y pido que
rellenen el barrilito.

Papá sonríe.

Trabajamos muy duro por el resto del día.
Terminamos las once casas y yo ayudo mucho.
Cuido muy bien del barril de agua.

Ya no tomo más de lo
que necesito,

ni le servo agua a los animalitos,

ni me echo demasiada agua en la cara.

El tiempo y el agua son muy valiosos.

No queremos desperdiciarlos.

Papá y yo encontramos otras maneras
de hacer divertido el día de trabajo.

Hago reír a Papá contándole las tonterías
en las que estoy pensando.

Cuando el barrilito se vacía por segunda vez, realmente es hora de volver a casa.

Fue un sábado muy bueno.
Trabajamos, cantamos, reímos.

SOMOS UN EQUIPO MÁGICO.

Dedicado a mis queridos viejos.
¡Los quiero mucho! —JT

Para mi papá que siempre me dio queso —EK

An imprint of Astra Books for Young Readers, a division of Astra Publishing House
astrapublishinghouse.com
Printed in China

ISBN: 978-1-6626-5137-3 (hc)
ISBN: 978-1-6626-5138-0 (eBook)
Library of Congress Control Number: 2022923322

First edition, 2023

10 9 8 7 6 5 4 3 2 1

Design by Amelia Mack
The text is set in Beanstalker.
The speech bubbles are hand lettered by Eliza Kinkz.
The illustrations are done with pencil, ink, watercolor, gouache,
crayons, and a few drops of queso.